白い糸

後藤　順　詩集

Goto Jun

竹林館

後藤順詩集　白い糸

＊

目次

I

II

後藤順詩集

白い糸

I

染める

藍染めの死に装束をまとい
乳白色の笑みが零れそうな祖母が
蝋燭の炎がたどる宿命に
真っ赤な夕陽に染まった火葬場
この世の色彩は染料で作られているのか
わずか十歳で紺屋に奉公し
ひらがなの文字すらおぼえぬまま
藍染めの鬼女と世間が呼んだ
八十九歳の生涯のなか
病児を持つ母親の哀しみを捨て

止むに止まれぬ技を伝える
己ひとりに秘めた執念が
白内障の患いを隠し
地べたを這いずり藍の若芽を
我が子のように撫でる姿に
父が嫉妬し続けた日記が残された
藍を建て　藍を染め　藍を守る
朝夕　静かに藍甕に櫂を入れ攪拌する
空気に触れる瞬間
鮮烈な緑から　涼しく深い藍の色へ
おずおずと最初に鍋底へ入れる
張り渡し絹布は純白
無我に入る一歩手前
祖母は狂気をおびた鬼になる
あとは一気呵成に魂を失い

祖母の白髪が透明になっていく
石臼をひく暮らしに
藍は決して応えようとはしない
ただ　紺瑠璃の美しさを称える藍の
艶々とした香りに
祖母は生きる全てを捧げたかもしれない
この国のすべての女たちへ
美しい藍の色合いに飾りたいと
節くれた太い指と
痩せて渇いた爪の奥の奥まで
藍に染まった祖母の
いや　陰部までも藍に犯されていると
シベリア帰りの祖父は
沈黙の時を尊ぶまま
祖母の情念が耕した藍の畑で

心臓発作で見つめた青い空とは
凍てつく大地と華やぐ大地に
人は死するまで色彩を求めるのだろう
雑草が繁る祖母の染場
誰が壊したのか　割れた染瓶から
藍染めの血が大地へ
白く焼かれた祖母の骨を拾う
私のどこにも藍はいない
人は美しいものを見たとき
とっさに飛翔する幻覚に襲われるとの
少女から女へと変身した
祖母が紡ぎ出した色を
言葉にできなかった言葉の奥底に
この国の幾層もの白い屍が重ねたと
祖母が幾万回とも染めつづけた

藍の一生に

新しい女たちが指先を藍に染める

へのへのもへじ唄

尋常小学校もいけなんだ
というのが　明治生まれの祖母の口癖
　この字はなんて読むんや
と孫のぼくにようきいた
祖母は読み書きができなかった
　小作の百姓には勉強などいらん
今でも仏壇からきこえると
祖母の父の声をまねては笑う
折り込み広告の余白に
祖母が歌いながら書いていた

へのへのもへじ
「へ」は眉毛　「の」は目　「へ」は眉毛　「の」は目
「も」は鼻　「へ」は口　「じ」は輪郭
かなしいときは　なみだ顔
うれしいとき　わらい顔
畑仕事のひと休みに口ずさむ
へのへのもへじ
地面いっぱいにできあがる顔
雨がふれば百姓はよろこぶのに
祖母は空にむかってかきまねる
字かき唄に母がむせび泣いた
　おばあさまはたくさんの字をかきたかった
　識字学級があったらな
この国は軍靴で汚したあとも
弱いものは縁の下でうごめくだけ

八十九歳で逝った祖母の
へのへのもへじが
へなへなとぼくをじっとみる
捨てるか迷った祖母の茶ダンス
引出しにあった　母がみつけた
紙くずは　ばらばらにしたぼくの小学一年の
こくごの教科書
祖母が鉛筆でいくどもなぞったのか
字は真っ黒にかたちをうしなって
わずかな余白にあるのは
「ごとうまさへ」という祖母の名前
　ようかきやったな　おかあさん
母は大切そうにその一枚を残した
へのへのもへじ
おまえの唄はもうきこえない

かなしくうつくしい
祖母の「へいわ」という字はつたない

シャボン玉

老人病棟に長らえる老女が
回廊式廊下を日常の糧として
心を抑え情を堰きとめ
生きてきた時を放尿する
プラスチックの人形を背に乗せ
僅かに唇が震える
　シャボン玉飛んだ
　屋根まで飛んだ
子供たちに先立たれ
多くの歳月を生き恥だと鼻水が

奇怪な抑揚が
看護師たちの嘲笑いをうむ
病んだ時代は忘れ去られ
老いる命は僅かにぐれる
　屋根まで飛んで
　こわれて消えた
老女の涙腺はかたく閉じ
言葉は脈絡もなく過去分詞たちが
蚊のごとく血を吸い飛翔する
老女の視線に血の海が泡立つのか
心の闇に沈んだものが
苦しげに空へと喘ぐ
　風　風　吹くな
　シャボン玉飛ばそ
文字が書けないとの言い訳に

老女はなぜか
古い鏡台に自分を隠す
抽斗にあった椿油に黒ずんだ木の櫛
僅かに毛を残した歯ブラシ
ひとり　一人　独り
　シャボン玉消えた
　飛ばずに消えた
老女は笑みを絶やさない
落ち込んだ眼窩の底に漂う
空襲で炭化した母や妹が
秋の野に揺れる芒の穂に遊ぶ
夕陽が赤く赤く染まる
ガラス窓に光は無慈悲だ
　生まれてすぐに
こわれて消えた

老女が幾度も堕胎したとの噂話に
歌声だけは呆けるほどに明るくなる
時のあずかり知らぬままに
童謡が心の沼に沈澱する
無口で生涯を過ごそうと決意したのに
透明な記憶が復讐する
　風　風　吹くな
　シャボン玉飛ばそ
老女はただ静かに
シャボン玉が空の彼方へ向かう
遠い眠りの中で天命をはたす
どこに辿り着くのか
だれが吹くのか
新しいシャボン玉が空に舞う

人のしまつ

もうじき春が来るというのに
昨日と同じに見える夕陽
老人ホームの片隅から啜り泣く声が
あなたは今も詫びています
詫びても　詫びても
涙が溢れます
涙で過去を償おうとします
　何で私なんか産んでくれたのよ
　海に捨ててくれればよかったのにさ
あなたの母へのことばが

ぞっとする悲しみの後ろ姿をつくった記憶が
敗戦の朝鮮海峡を渡る
荒れ狂う波に漂うやみ船のなか
　今ならこの子は目が見えていない
子を亡くした他人様の女たちの誘いに
生後一ヵ月のあなたがいたという
　この子の命あるところまで連れて帰る
枯れた乳房を露わに
あなたを守った歴史に
　私の葬儀の準備をしてね
危篤状態にありながら
最後の力で酸素マスクを引っ張った
あなたの母が
頭を下げた慄然とした姿に
命だけは自分で決めるしか

過酷な労苦にこそ人が成長するなどと
あなたは今日も泣き
疲れはてるまで泣きます
　あの人は泣き女だからほおっておこう
丸文字の介護記録が
昨日どおりに複写される
今日も
老人ホームはゆっくり闇に包まれる

海の語らい

錫色の布に覆われた空
行商にいく祖母が立ち止まる
尾花の陰に隠れた野仏に
海づたいに杣道を歩く
ここはわたしが生まれたところ
祖母の独りごとに
足もとの海は紫紺に染まり
塩にまみれた波は縮緬じわに
うちよせ　ひきよせ
移り変わる内陸を洗う

人目につかぬ産小舎があった
身重女が力綱をひき
ひとりだけで子を産んだ
何百年も女たちはここで子を産んだ
吹雪の夜でも
伽女が見守るなか
白砂に赤子が流れる
子を産む不浄に海は荒れた
祖母の皺がほくそ笑む
灰色の渡り鳥が空を黒く
一本の赤い実のなる木にとまる
あるものは海にこぼれ落ち
岩礁に太くこびりついた根が
たえまない波に耐え
鳥たちの母胎であろうか

鳥たちの糞が種を芽吹かせ
芽は海藻や小虫を喰らい
微動する歳月が赤い実を産んだ
赤い実は何の実なのか
祖母は祖母から聞かない
人が鳥のように渡った記憶に
人が葬られた断崖を波は洗う
赤い糸を引いた夕暮れ
石置屋根に棲む人は帰る
祖父がこの地から遁走した晩
祖霊たちが帰ってきた
祖母が松明を持って部落を歩いた
崖の途に蒼白い炎が
黄泉からの使者たちが海の向こうへ
新しい命を求め歩んだ

祖母は常世の国を見たのか
赤い実が今年もなった
海に背を向け暮らせない
陽あたりより陽かげが好きな
波の音を聞かねば極楽往生できぬ
祖母はひとり渡り鳥を待つ
赤い実には
この地で生きた人の血反吐と
咆哮する神仏への漁火
赤い実とは血の色
母が子を断崖から捨てた色
祖母は遠く海を見つめる
乾いた魚たちを背籠に
生々流転の滅びに従う
今日も夜明けの少し前

ゆっくりと腰を折り
海から離れた町へ
赤い実を懐に秘めて歩いていく

はてるともなく命

真夏だからといって
午前二時にも蝉がなきとおす
亡き殻になった男の髪が折々動く
扇風機の風にあわせ
男の娘はぐんぐんと乳を呑む
赤子の汗をふく
土偶の顔がゆがむ
孕んだ娘の腹を胎児がけるのか
いっせいに珊瑚産卵のうねりが潮騒に
点滴の音がやんだ

銀河の端に男はたどりついたのか
蓮の花魂を包む白々した男の顔
血をはいたあの夏の日の
洗面器に浮かぶまんまるい月に
泣かされて泣かせた娘が
庭で燃やした男の日記
蓑虫が揺れるほのかな口から
ベッドの男は繭玉になった
病室から眺める
娘が手をあげて溺れて
通る花吹雪
灯しても消しても天井の蛍光管は
男をみつめる
渡りを捨てた白い鳥が語る
夢のなかに命を置いてきた昼寝覚

寂しくなれば母の墓洗いにいく
握る娘の手は男との思い出をふさぐ
一匹が一匹を呼んでじゃれあう犬でもなく
ひとり男は酔いどれ
ひとり娘は仔を孕み家を出た
風が伝える
孤島として父が臥せているうわさに
月光がさす破れた障子から
水をうまいうまいと呑む男に
父の灯が切れかかる
どれほどの
命の輝きもない
ちらほら若い芽が萌えても
落葉の男はあるがままに枯れ逝く
春の陽を胃の腑に灯す医師が首振る

ちらほら命は土に還れと
もう娘が咎める言葉は
全身水浸しにどぶ川に流れる
空の彼方から聞こえる木霊は
男を誘う妻らしき白鳥のなき声
男の煙が空に溶け込む
ちらほら骨はできあがったろうか
透き通った骨を娘は拾う
古い鍵を捨て
新しき命を産む島へと渡る
海の底へ
男の骨がたどり着くよう
娘ははらはら骨を蒔く
乳を赤子に与えては
赤らむ夕陽の奥の

産室がある島へ
女のはぐくむ命の櫂は力強い

雪國

海外出張から帰ってきたら
母が死んでいた
ごくろうさん　と迎えてくれるはずの
母の優しい声はなく
泣き疲れた妻の腫れぼったい顔が
ごめんなさい　と迎えた
ぼくは無造作に靴を脱ぎ捨て
旅行鞄をそのままに
仏間の襖をあけ
薄い蒲団で眠る母をみて

妻は何を間違えているのだろう
と苦笑いをしてしまう
枕元に座り
母の顔をじいーっとみつめ
真っ白な蝋燭の顔色だが
頬も髪もやわらかい
シャツや靴下の汗臭さを嫌った
母の愚痴が聞こえそうで
冷たいシャワーを全身に浴びる
風呂場から出れば
きっとこの悪夢は終わっている
死んだはずがない
母の枕元にはロウソクの炎がゆれ
好きな竜胆が咲いている
ぼんやり眺めるうち

入国ロビーで買った土産を思い出す
季節はずれの草餅
母の口元に置く
　うまそうやろ　限定品やで
母の口にそっとあて
ぼくは一度に二つを口に入れる
味より息苦しさにあえぐ
その滑稽なぼくをぼくが見ていたら
急に涙がこみあげてきた
ぼたぼたと膝に落ちる
冷たい髪からの滴と涙
母はドライアイスのなかにいる
一本のまるたんぼうのようで
ぼくは妻に隠れるように
右手を蒲団のなかへ

手や足や胸やお腹をさする
何度も何度もさする
そうすれば母がゆっくりと身を起こし
遅かったわね　と
心配そうに見つめるかもしれない
妻がうたた寝をはじめたとき
母の部屋から歌が聞こえる
寂しくなるとカラオケで
母はひとり何かを唄っていた
部屋の真ん中で古いラジカセが
ぼくをじっと見ていた
スイッチを押せと母が請う
吉幾三が「雪國」を唄いはじめた
せつない女心が響く歌声
そこには十年前に死んだ父がいた

新潟の寒村生まれの母と
青森育ちの父とを結んだ雪國の絆
　追いかけて　追いかけて
ぼくはそのフレーズを聴くほどに
母の願いとは
父のもとに行きたかったのか
老いる侘しさから逃げたかったのか
ぼくは考える
母と妻との感情のもつれに
母の話を遠ざけ
母のわがままを避けてきた
「雪國」の歌詞ひとつひとつに
ぼくの耳は破れる
母を埋葬したあと
まだ秋だというのに雪が降ってきた

雪國で父と再会した
母のぼくへの贈りものだろうか

赤い花

梅が満開の斎場
真っ赤な夕陽が窓からさしこむ
待ちくたびれた
先にひろげられた焼骨は
まだまだ熱い
母の骨を拾う
ここはどこの骨
乾燥しきった白いビスケット
箸でつまめば
ぼろぼろと崩れてしまう

一生かけて作り上げてきたものが
その生涯の重さとうらはらに
笑いたくなるほど軽く
お棺に入れた大島紬は跡かたもない
着飾って天に召されたと
窓からの光に骨が染まる
梅の花びらが降り積もるなかに
まさぐるいくつかの箸が
骨壷がこぼれそうに
夕闇の訪れは余りにはやい
　今日は後藤様が最後です
明日もぞくぞくと亡者がくる
自らの骨を白い灰に変えに
残った母の灰も
多くの男や女に混じり合い

火葬場近くのどこかに埋められ
土を肥やしていくのか
梅の幹は太く根は深い
だが　ここには
赤い梅の花しか咲かない

オムライスの日

こどもの日
ぼくは母と食べたオムライスを想い出す
父が結核で入院してから
母は細腕ひとつで
雑貨屋を切り盛りしていた
小学生だったぼくも店番をしたり
問屋まで仕入れにもいった
こどもの日
　うまいもんでも食べような
そう言う母の腰にぼくはしがみつき

乗った自転車は大きく揺れた
デパートの食堂で初めて食べたオムライス
オムライスの大好きな母は
ひもじい食卓をぼくにわび
ふたりでニコニコしながら食べた
早く食べ終わったぼくの皿に
母は自分のオムライスを半分渡した
　たくさん食べて
　たくさん勉強してもらわんとな
ぼくのスプーンは笑顔で輝いた
今でもオムライスを食べると
母とのオムライスを想い出す
病弱な夫をもち　働きづめだった母が
食堂で見せた嬉しそうな笑顔
ふたりだけで味わった

ささやかな幸せの時間
母の日
青空の遠く向こうにいる母へ
ジェット気流の宅配便で
特上のオムライスを届けたい

なき砂

あなたの話をしましょうか
あなたは土より骨にちかい
足でふめば唸ります
手でさらさらとなきます
いつ背に骨ができたのですか
いつ意思を持ったのですか
漂よったり流されることもなく
生きたい望みをもち
行きたい地へと旅立った
はじめての大地は

どこだったのでしょうか
ひとが誕生する日より遠く
多くの生きものたちが
あなたを通り過ぎた
どれほど小さな粒になっても
あなたは混ざらない
さびしいものが数万集まっても
さびしい心は溶けあわない
大空を舞う風にもまぎれない
遠い記憶のあなたの孤独
どうして生きものたちは
いつか土にかえる約束をしたのか
あなたのかなしい顔があるけれど
意思は白く積もり輝き
今日もさらさらとなきます

Ⅱ

セミウマの穴

まだ暗闇が消え去らない
午前三時の夏
波音が営々と陸地を洗う音
耳底にまで水をかぶるような
この老人養護ホームに
元クルマの修理工だった私は
介護補助を名ばかりに
部屋から逃げたヒトを捜す
切れかけの蛍光灯が点滅する
廊下には野良犬のヒトが

観葉植物に放尿する姿を横目に
夕餉の臭いが残った
配膳室のまえでうずくまり
四時間先の朝餉を待つヒトがいる
　マサオさん帰ってください
　トヨコさん帰ってください
朽ちた細木細工の手足が
手垢で汚れた壁を伝い歩く
回廊式の廊下には終着はない
杖にすがるヒトは
失くした記憶が見つからない
怯えては激しく床をたたく音が
ホームにこだまする
まだ朝焼けのこない窓の外を
なめくじの視線がはいずりながら

やってこない記憶にヒトは嗚咽する
震える背中には
この世が続く血糊がべったりと
やせた命を解き放てない苛立ちが
眼底に溜まった白い沈殿物が
膿のように目から落ちる
スエノさんの昔話の声がする
　ヤスオ　トシエ　腹へったか
　オトウサン　戦地から帰ってこんね
湿ったオムツが冷たい時代を呼ぶ
骨だらけの腕が赤ん坊をあやす
皺くちゃの乳房を手すりにおさえつける
ヒトだけが聞こえる遠い潮騒の返事
捨てたとも
捨てられたとも

一時の沈黙がホームに帯びるとき
セミウマが地面から顔をだす
朝陽を出迎えるために
痛みもなく
ときが背の意図をほどく
青白くちぢれたセミが窓辺に
みつめるヒトの瞳の奥から
じゅわじゅわと流れる涙
　これから泣いていきるんやね
朝餉の匂いが廊下に漂うまで
ヒトは地の国を夢見ながら
浅い寝息の音がセミの音にまじる
ときが仕事を終える合図
今日も昨日と同じまま
「異常なし」の四つの文字が

ヒトにふれられることもなく
介護記録に残される
明日もひとり宿直だが
帰りの途でみつけたセミウマの穴
この世にでたら
決して戻れない穴
空いっぱいにセミがないている

あくび

特養から亡き殻になって
ようやく家に帰ってきたウメさん
雪まじりの風がふき
凍てつく途を街路灯が蒼白く照らす
息子たちに抱えられた老女は
どんな昔話を語りたかったのか
ごはん粒すら通さなくなった体
手足は骨格標本を上書し
脂肪があったろう乳房は胸骨に縮んだ
ウメさんの顔に残るわずかな笑み

帰りたくとも帰れなかった
仏壇から凝視する位牌たち
ミッドウェイのどこか
長兄は深海の底深く眠っています
レイテ島のどこか
次兄は密林の奥深く眠っています
逢いに行けぬ地でも空はひとつ
待っていてください　お兄さん
どれだけの時をへても
誇らしい軍服姿の兄たちがいる
飢えた父と母のために嫁いだ
百姓家の暮らしに耐えしのぶ妹よと
愛国の霊たちが呼び掛ける
ウメよ　おまえは幸せだったのか
ひとは生きるために何かを捨て

思い出は着飾る美しさではなく
記憶は受け継がれてこそ残る
殻は畳の上で徐々に硬く縮こまる
少しばかりの遺灰になるために
小学生の孫たちが不思議そうに
咽び泣く親たちの腫れた顔を
見たこともない老女を
睡魔があくびを誘っている
僕はゆっくりと
母の古いアルバムをめくる

ノゾミの証し

桜が咲くには蕾は固い
崩れた石段のさきに
海の神様がいらっしゃるやしろ
ゆっくりと時を味わう
三陸の海を眺めながら
どうしてもあなたに聴いてほしい
少年の日の記憶
あの日
影法師を追いかけながら
鬼ごっこ遊びに

海から吹きつける風は
うっすらとどこかに隠れ
ブナやカエデの木々の奥から
冬の終わりを告げる呻きの
生臭いにおいが漂ってきた
オニの僕はとっさに叫んだ
　神隠しの天狗がくるぞ
拝殿や鳥居や灯明塔の陰に
隠れていたヨシ坊や
ミッちゃんやタク坊を見つけたけれど
ノゾミだけ見つからない
　おやつの時間だぞ
ノゾミの居場所をあきらめた
一瞬の刹那に
あの大地震が

あの巨大な津波がやってきた
鎮守の森が教えてくれた
お互いの手と手とを結びあう
ヒトとヒトとの絆の力
大地や海が鎮まった翌日
生き残った声たちが喉をからし
次の日もその次の日も
ノゾミを捜したけれど
残骸になった小学校にも
土台だけ残った家にも
その姿もその影もいなかった
僕たちはただ耳をたてる
どこかで身をかがめ潜む
ノゾミのわずかな息遣い
小さないのちを保つ息遣いが

雑草がおいしげる壊れたやしろの
沈黙の光ばかりが降り注ぐ
歳月だけが通り抜けていく
背が伸び大人へと体だけが
透明な陽射しが音もなく差し込み
忘却だけが心を慈しむ
ノゾミの右脚の靴が見つかっても
壊れた髪飾りが見つかっても
いまだに
鬼ごっこの鬼のままの僕が
　もう鬼ごっこは終わったよ
あの時から難聴になった
頭のなかで幾百回もこだまする
ノゾミを呼ぶのに
ヨシ坊もミッちゃんもタク坊も

ここを離れてしまったけれど
僕は残るしか
あのときの前のように
豊かで静かな海に戻ったのに
多くの魚や貝が獲れるのに
風評だけが波打つなか
昨日もひとり今日もひとりと
復興とのコトバは虚しいけれど
ここにいなければ
ノゾミが帰ったとき
その笑顔を誰があげようか
それしかヒトである証しがない

手紙

となりの市との合併で
過疎は過疎を広げ
廃舎になった町役場の跡地に
見捨てられた老人たちが
なりゆくままに入所した
稲穂色の介護施設
親の親たちが開墾した棚田は
主を喪失すれば
名も知れぬ草に覆われ
山奥から引いた水も涸れ

谷底から吹く風たちが
通い途を塞いでゆく
スエノさんは拒んだ
白内障を病みながらも
老女は闇の訪れも忘れ
畑を這いずり蕎麦の種をまく
一人分の野菜
一年分の漬けもの
己が食べるものは己で作る
まだ私は捨てられない
子どもらが郷に帰らない
侘しさがスエノさんをつつみ
手や足の皮膚がほころぶ
血の土地を遺棄する思いに
墓の影たちが頭をたれ

蕎麦の白い花たちが見送った
盲目になったスエノさん
溜めていた病魔が芽をふき
施設から出るとき
ふと窓の外へと
きのうまで嗅いだ老いた気配が
通路の曲がり角で消える
寝ていたベッドの下から
それまで誰にも知られず
鉛筆に唾をつけながら
文字らしきカタチが残る
スエノさんが書いた
おびただしい便せん
読むのでなく指でなぞる
便せんからつたわる

生きていたこちら側と
亡くなったあちら側とを
スエノさんが幾度となく
往来した御礼の手紙
ようやくたどり着いた
あちら側から嬉しそうに
だれも見たことのない
スエノさんが手をふっている
左手には
書けなくなったちびた鉛筆

サシバ理容店

一台の前洗面しかない床屋
店奥の三畳から覗くのは
寝たきりの前の店主
転職した中年息子が持つ
剃刀が下顎から喉元に
僕の体はぞくぞく震える
　思い切りが大事だぞ
万年床から発する老人の
大きな咳払いは
弱々しい声だがプライドがある

まだまだ現役だという
剃刀が喉元をそりあげる
僕は出そうな痰を飲み込む
　三年にしては上出来だ
喉仏あたりに痛みが走る
紙で切る痛みより軽やかな痛みに
赤く生温かいものが首筋をつたう
二人の待ち客が総立ちになり
放心して血止めする
新しい店主のぶざまさに眼が黙る
　それもひとつの経験さ
奥から新しい咳払いがする
僕を威圧するような
「坊や」と呼んだ記憶をたどり
中年男の真剣な眼差しが

たぬき寝入りする僕を窺う
鏡の向こうには
廃業を止めた親孝行が映る
　お客さん　堪忍してくれ
老人の侘しい声が店に響く
親子ふたりだけになろうとは
四十五年前に開業した若い夫婦の床屋
それも妊娠した希望があった
あの咳払いは
言葉にできない僕への詫び
戻せない時への恨み
　オヤジ　静かに寝ていろよ
元旋盤工の指が髪を洗う
待ち客がいなくなった店に
お湯のシャワー音は寂しそうだが

三畳からの視線は嬉しそうだ
バンドエイドをつけて帰る僕に
サインポールが「また」と言う

Ⅲ

ニワトリ

真冬だというのに生暖かい
病院の窓から下を眺める
名前も知らない木が
湿った黒い土に白い花びらを散らす
ニワトリが処理された跡みたいに
遠くの土まで白いものが散乱する
喉を噛み切られたのか
血は黒い土に吸われて分からない
どこまでも黒い土が続く
柿の枝々が網状に

鈍色の血管が空をはって
幼い日々を過ごした
草深い寒村を思い出してしまう
鋭い萱の葉が空に突き出し
潰れた屋根を晒していた
ひとつの枝にニワトリの両脚が
荒縄で逆さに括られ
黄色い鱗状の脚が乾く下で
大根の葉を刻んだ米糠を
数羽の白い首が騒がしく食べる
井戸端で研いだ包丁に
朱く熟したものが刃に
血糊のように映っている
振り落とそうと刃物が振られる
不思議なものを見る

光の戻った地面に
ニワトリの嘴が突き刺さっていた
天に開かれた首の切れ口が
深紅のツツジのように赤インクが
ペン軸からポタポタ落ちる
生温かい液体
生きものの血をすべて抜き
広い葉を生臭く繁らす木々の
こんもりと盛りあがる緑の
あちこちに散らばる白い花を
ニワトリの首が笑う
木の根元は薄暗い
うじゃうじゃと小さい虫が
幹を這いのぼるのを
じっと立ちつくし眺める

地の底に黒い土を透かした白い
構図が浮き出るのは
ニワトリの骨ばかり
ろくに飛べない翼を広げ
脛骨がかすかに切れ
首がないことに
思わず自分の首をさわってしまう
生ぬるいものが首筋を流れ
ニワトリの希望はみたくはない
病院には今日も白いものが
悪い夢のように
散乱しながら黒い幕が
敏捷なものが
息をひそめてこちらを見つめる

クモの時間

朝昼晩ぐらいの時間割にしよう
食にありつく
食にありつけない
食をあきらめる
どれほどの頑張りでも
どれほどの才能でも
あるいは運が与えられたとしても
多くの時間は無駄な部類になる
丹念に腹で練り上げ粘質の
図形的に立派な円形の網を

計算された獲物の空の通り道に
縦糸、横糸と張ったところで
満腹したことがない
俺の愚痴を誰が聴くものか
いつぞや
横糸が粘液で作り
縦糸で這いずる
先祖からの約束を忘れた
俺はぶざまにも
自分の糸から脱するのに
その日の日記は恥ずかしさで空白にした
腹が空いてどうしようもなく
子クモを生んで食べたが
まずくて下痢続きに後悔した
自分の足を食べたが

痛みで地上を這いまわった
俺は餓死をまだ知らない
ようやく一匹の蚊を捕まえた
でっぷりと腹が真っ赤にかたまり
きっとヒトの血を吸ったのか
ていねいに食べてみた
ヒトの血色に染まった俺の体は
鳥の餌食になりそうで怖い
生きるために喰うのであって
喰われる命ではせんがない
俺は時間割を捨てた
時間の煩悩を捨てた
だからじっとしていられる
俺の適応力の源だ
ああ、子クモたちが糸をだし

タンポポの種のように風の背にのって
新しい地へと飛んでいく空に
意地悪い真っ黒なクモがおおう
数えきれない雨粒が落ちる
重力にたたかれ、うたれ
水滴が溜まった網から俺は落ちる
体が泥水から側溝へと
運命の快楽に俺はふいに陥った
何をこの世に拘っていたのか
俺の血筋
俺がクモであったこと
他の自問すらわいてはこない
側溝の底のどこかそのあたり
クモの時間があった黒いかたまり

午前零時

赤子の夜泣きが漏れる古いアパート
読み終えた新聞を部屋いっぱいに広げ
妻は白髪を梳り
夫は爪を切りそろえ
無口な肉体に纏いついた今日の老いを
六畳の隅々まで拭きあい
忘れかけた邂逅を逐一話す
妻は野良犬が路傍に捨てられ
その屍骸の上に暮れかかる
夕陽の美しさと悲しみを話し

介護した蒼白な老人の呼吸が
苦悶する命のありかを話し
夫は夕食にさばいた鯵の胃袋にあった
形を残した小魚の死を話し
いつからかゴミ箱に住みついた雌猫の
鮮やかな初潮を話し
話し終えた安堵のなか
抜け落ちた髪と切り捨てられた爪が
乾いた唇に混じり合う
妻のかすかないびきに
夫のねがえりが二人を近づけ
今日一日分の生を
それぞれが終える午前零時
新しい話が芽をふき始める

海、あなたを洗う

あなたがこの世界に登場する　空には昇れず　地下にも潜れない　ただ　岩や土、水でできている水平面を動く　狩猟と採集の生活に従うかぎり　満ちたりた心はない　偶然の産物　世界は空虚な真空のままなのだ　餓死に追い込まれたその一瞬　あなたが野ブドウに気がつかなかったら　怪我したウサギを見つけなかったら　あなたは死んでいた
あなたが農耕を発明し　牧畜を考案し　真空の世界に充足が訪れた　生きてゆくための麦の実があるのだ　一粒の実が数百粒の麦をうむ　蓄積が始まる

文明が発生する　増殖し繁栄し　栄光の頂点を得る
百年単位の歴史は混乱に過ぎないし　百万年では無
に近い
　栄光が悪徳にまといつかれれば　一生物に退嬰が
やってくる　あなたの一部　あなたの全部
　鼓膜に酔うものは方向を失うを知るもの　蓄積が
放つ腐敗を知るもの　餓死の弁証法を矯めようとす
るもの　死のみの世界を遠望するもの　彼らが辿る
荒涼の世界　そこを海岸と呼ぼうか
　海はあなたを入れない世界　地上に生きるものに
は無縁な死の世界　地球の外側に広がる宇宙　砂漠
以上に過酷な砂漠　耕すことを拒絶し続け今も真空
のまま　船を作り漕ぎだし　溺死を繰り返す場所
海は今もって真空であり　そのただなかにあるもの
に　翌日の保証は与えない　恐怖の平面　海は明ら

かに働きを拒否している　海は文明を載せ得ない
それがあなたにとっての海の意味
　海がいかにあなたと無関係な世界だと　気づくの
に長い時間が必要だったか　海とあなたはまったく
無縁　海はあなたの中に決して存在しえない　丘も
山も　道も小麦畑も　町もあなたの心に内在する
川はあなたに時の流れである　過去と現在と未来を
示す
　海は荒涼としている　海には一片の温かみもない
波は一見派手に見えるが　永遠を繰り返し静止し
それは死に近い　海は美しいと　あなたが讃えても
海がどんな反応を示したというのか　星はまだあな
たに温かい　占いを発明し　海からの占いはない
　海は一瞬もあなたに対して関心をみせない
異質の水の無限の世界が広がっているだけではな

いか　あなたはいつでも島の人　若い心が勝手にあこがれ　詩人が歌い　画家が描いた大量の塩水　すべての生物の先祖が太古の培養基　魚という動物の養い手　怪物たちに割り与えられた領域

海は不変でありながら　常に違う顔をみせる　あなたをからかい　あなたをなぐさめる仕草は　舞台の主役を演じているだけ　海は決して実の正体をみせない　あなたの心を捕えはしない　切れない剣であなたの影を切る

海辺を幾万歩も歩くはて　手に残るものは海の破片　絶叫に浮かびあがるあなたの離別　海はあなたの骨が消えるまで洗う

白い糸

夏祭りの露天商から買った
風船を青空に浮かべての帰り道
　絶対に放したらあかんよ
しっかり握るか弱い手に
滲む汗が白い糸に滲みるのを
親の僕は知らない
病んだ復員兵のオジが
幼い僕を肩車して連れ出した
人里離れた山間の祖母の家
蚕棚から吐き出された糸が

顔や首に纏わりつくのを
嘲笑するオジに怯えた
切り返しの細い途をだらだら進む
わななく四十雀が土手に
オジが破れた藁帽子で捕まえる
盛んに産毛が風に舞い
足や羽が折れるのをかまわず
僕らは得意げに帰った
オジは鳥の片足に白い糸を結んだ
その先を僕に渡し
凧のように天井にあがっては
石のように畳に落ちる
その哀れさを母も一緒に笑った
苦しまぎれの大はしゃぎ
裁縫箱から白い糸を盗み

チョウやトンボの足に結ぶ
少年の僕はオジの仮面をつける
　自由に飛んでゆけ
五十過ぎて戦闘帽を脱ぎ捨てた
オジの足に残った白い糸
廃屋になった祖母の家のどこか
野生の緑蚕が吐く音が
一本の糸に織り込まれる
消えた四十雀が鳴く森へ
おとなの僕は今も捜し続ける
棺桶のなかに残る
母やオジの足に刻まれた
結び跡
命のために翻弄され
白い糸に繋がれる

ヒトもいつか地面に墜ちる
ふいに幼子が糸を放した
風船の臍の緒が空へ
行先を告げずに逃げていく
僕は足にある白い糸を隠し
　ごめんなさい　ごめんなさい
震える小さな体を強く抱きしめる

滴

ときどき僕の体から滴が落ちる
風のように青く透き通った滴
公園の煌めく噴水の傍で語らう
子どもたちの足元からも
新緑の並木道を楽しそうに歩く
父娘の肩のあたりからも
カフェの店先でじゃれあう
恋人たちの唇からも
夕暮れの坂道をゆっくり進む
老夫婦の背中からも

光を集めたような滴が落ちる
そのような滴のある光景を
美しい一枚の絵を見つめ
心に焼きつかせるのに
僕は寂しいわけでもない
滴が絵から抜けだし
僕の体に入り込むわけでもない
滴がある時空に僕も存在する
ただそれだけでいい
僕たちの何気ない日々を
荘厳にするよう懸命にいきる
一滴一滴を確かに見ている
その記憶を捨てずに残し
背を伸ばし立ち続けるから
滴は透明なのかもしれない

僕の目にしたそれらの光景が
忘れてしまった僕自身のものだった
としても遠い過去や遥かな未来に
だが　滴は乾きやすい
僕の街の　アスファルトだらけの
空き地も　鳥のさえずりもない
乾く空間ばかりではなおさらだ
滴が風のようにひっそりと
僕のまなざしのなかで
乾いてしまわないように
一滴一滴　赤子を抱くように
見つめなくてはいけない
滴が何をねがい
何をあがなって
一滴のつつましい滴となり

僕たちのこの体から零れるのか
それが本当にわかるまで
僕は祈りの時をもつ
親から子へと引きつぐ秘事に
悲しみにくれる命に
じっと耐え忍びうずく心の
ことばを忘れたような滴が
今日も僕の体から落ちる

あとがき

漠然と詩を書いても、いや漠然では詩は書けない。二十年ほど前、高良留美子さんに「あなたの詩は惰性的だ」と批評されたことがあった。喜怒哀楽をどのように表現すれば「詩」と呼べるのか悩んだ。そのために多くの詩集を読んでみたが、隠喩の難語だらけの詩には、余りに想像力が働かない。知的能力の欠如なのかと自己嫌悪に陥ったこともある。今でも「現代詩」なるものがわかっていない。それに、漢字・ひらがな・カナの日本語としての適切な使い方もわからない。本来、詩とはこういうものですと、子供に解説できるほどにならなければと思う。三十代の頃、長谷川龍生さんと三年ぐらい文通したとき、幾度もモノマネではない詩を作れと激励されたが、その約束が果たされていない。七十歳近くにもなっても、まだ、未熟なのだ。詩は、言葉以上に生きる品格で作られているのかもしれない。

今回、この詩集において、助詞や助動詞などの文法的に誤っている箇所があるかもしれない。一応、この詩集のテーマを「命のありよう」にした。その主旨から外れた詩があるとすれば、まだまだ勉強不足を否めない。年齢を重ねるほどに、親や他人の死と対話する機会が増えた。その範疇に近づいていることも確かなようで、繊細な言葉使いが表現できない詩ばかりが増えた。だが、金時鐘さんは九十歳近くでも、素晴らしい詩を創作し続けているのを知り、時間を遊び惚けていると反省させられた。棺桶に入る一瞬まで、新しい詩の構想を練っている夢をよく見るようになった。

この詩集を上梓するにあたり、竹林館の左子真由美さんには多くのご苦労をおかけしたことをこの紙面でお詫びし、感謝を申し上げたい。限りある命のもと、自愛を大切にしながら、この世を楽しみたい。今年、父の享年を越えられたことを少し喜んでいる。

後藤　順

後藤　順（ごとう　じゅん）

一九五三年、岐阜県生まれ

既刊詩集　『ニンゲン欠乏症』（二〇〇四年　未来工房）
『日本海かぶれ』（二〇〇四年　未来工房）
『のぶながさん』（二〇〇六年　ブイツーソリューション）
『ぬけ殻あつめ』（二〇一〇年　土曜美術社出版販売）
『追憶の肖像』（二〇一五年　未来工房）

所属詩誌　「ひょうたん」
所属団体　日本文藝家協会・日本現代詩人会
住　　所　〒五〇一－〇一二三　岐阜市鏡島西一－十四－十九

後藤順 詩集

白い糸

二〇二三年四月二十日　第一刷発行

著　者　後藤　順
発行人　左子真由美
発行所　㈱竹林館
〒五三〇-〇〇四四
大阪市北区東天満二-九-四 千代田ビル東館七階FG
Tel 〇六-四八〇一-六一一一　Fax 〇六-四八〇一-六一一二
郵便振替　〇〇九八〇-九-四四五九三
URL http://www.chikurinkan.co.jp
印刷・製本　モリモト印刷株式会社
〒一六二-〇八一三　東京都新宿区東五軒町三-十九

ISBN978-4-86000-491-0　C0092
定価はカバーに表示しています。
落丁・乱丁はお取り替えいたします。